즉석 질문에 즐거울 락

시작시인선 0482 즉석 질문에 즐거울 락

1판 1쇄 펴낸날 2023년 8월 28일
지은이 김송포
펴낸이 이재무
기획위원 김춘식, 유성호, 이형권, 임지연, 홍용희
책임편집 박예솔
편집디자인 민성돈, 김지웅, 정영아
펴낸곳 (주)천년의시작
등록번호 제301-2012-033호
등록일자 2006년 1월 10일
주소 (03132) 서울시 종로구 삼일대로32길 36 운현신화타워 502호
전화 02-723-8668
팩스 02-723-8630
블로그 blog.naver.com/poemsijak
이메일 poemsijak@hanmail.net

ⓒ김송포, 2023, printed in Seoul, Korea

ISBN 978-89-6021-727-0 04810
     978-89-6021-069-1 04810(세트)

값 11,000원

*이 책은 용인특례시 용인문화재단 Yongin Cultural Foundation 의 2023년도 문화예술공모지원사업을 지
 원받아 발간 제작되었습니다.

즉석 질문에 즐거울 락

김송포

천년의 시작

시인의 말

너를 가까이하기 위해

한곳에 오래 머물러 응시하는 습관을 들였다

말이 줄어들 즈음

언어의 기록에 초대되어

장면의 막을 올려놓을 수 있었다

2023. 가을
백남준 아트센터 자락에서 송포

차 례

시인의 말

제1부

제2부

제4부

해   설

제1부

게놈이라는 정체

내 몸의 정체는 게놈이다

그놈을 불러들여 함께 지낸다 그놈은 누구에게 유전자를 받았는지 모른다 그놈은 수시로 죽고 수시로 태어난다 구제하는 명령 인자를 가지고 있다 수시로 속마음을 번역해 생각을 흔들어댄다 복잡한 머릿속을 조율하다가 오류가 발생하면 병을 유발하지만 타협을 하려고 발버둥 친다 그놈은 나에게 보편적인 코드를 주었다 지구상에 존재하는 작은 세포지만 튀지 않아 다행이다 놈은 인연의 관계를 우연으로 위장한다 성격까지 조율하는 그놈을 신 김치 먹으며 달랜다 유머 감각이 없어 뻣뻣하지만 의존하고 싶은 아기 같은 구석이 철없이 놀게 한다 공감 능력은 최고의 산물이라고 위로를 받았다 게놈이든 개놈이든 화면에 비친 그놈과 사진을 찍었다

배고픈 고양이

고양이는 배가 고프다 염소를 먹을 궁리를 한다

온몸에 가시를 박은 채 돌출된 눈으로 땅을 노려보고 있
다 먹을 것을 찾을 수 없어 버려진 돌을 한지에 말아 노끈
으로 묶은 음식물을 파헤친다 삼각형의 스티로폼과 모난 플
라스틱이 일제히 일어나 팻말을 들고 싸울 것처럼 달려든다

염소의 몸에서 상처의 흔적이 보인다

세계 곳곳에서 생명을 향한 구원의 메시지가 당도하는
데 죽어 가는 자연을 향한 대안이 구체적인 실험으로 탄생
할지 모르는데

작은 미생물이 분열하는 것은 당신과 내가 하나로 이루어
질 때 틈이 보이는 것

땅은 분열하기 시작한다

우리가 일으킨 물욕이 땅을 썩게 했다

\>

고양이가 썩어 가는 땅을 킁킁거리며

등에 박힌 가시를 하나씩 빼 달라고 그렁그렁 울어 댄다

강정

강정은 맛이다

강정은 밥이다

강정은 투쟁이다

강정마을 사람들은 기지를 세우면 마을이 오염된다고 한
다. 땅에 심은 콩은 땅에서 거두어야 한다. 칼을 잡은 자는
칼로 망하리라 울부짖었다

그러나 그런데 그렇다면

아들은 일터에서 수시로 주민들과 대치해야 하고 밥그릇
을 비워야 하고 호루라기를 불다 첫 발령지에서 마을 주민
과 등을 보여야 했다

물에서 시작해 물에서 끝나는 대치의 시간

이웃과의 작전은 우여곡절 끝에 씁쓰름한 땅콩 껍데기 같
은 맛이 배 있다

\>

이리저리 찢기고

마구 흩어져 갈피를 잡을 수 없을 때

강정마을에서 강정을 지키다가 강정을 맛본 아들은 쓰다
달다 말이 없다

땅을 수행하는 중

한 접시의 간편식으로 점심을 먹는다 여러 그릇의 다양성에 길들었던 반찬이 땅속으로 종적을 감추는 중이다

땅 위에서 자란 육식은 살생해야 하는 잔인함이 있다 칼대지 않고 먹을 수 있는 뿌리채소가 고개를 내민다 연근과 냉이와 시금치와 달래가 땅을 지킨다

채식은 생명을 해치지 않는 자비로움이다 채식을 수행하는 중이다 땅의 본질은 기다림이다

버린 음식이 공기의 변이로 돌아온다

식사하던 테이블에서 남긴 음식을 작은 통에 담아 가는 것을 보고 놀란 적 있다

땅의 혈액은 맑게 흐르고 있을까 흘러가지 못한 기름의 부산물이 고여 있을 터

꽃을 꺾었다 화병에서 잠깐 머물다가 시들해진다 땅의 기운을 잃은 후, 햇살을 받지 못한 어둠이 스며든 것이다

\>

오늘 날씨 어때요

가까운 나라에서 온 당신의 얼굴을 볼 수 없어요

즉석 질문에 즐거울 락

예술은 무엇이라고 생각하나요 그거 아카데믹한 질문이오 붓으로 그림을 그리며 눈을 치켜뜨며 붕어라고 생각해왜요 덕화가 촬영만 끝나면 가방 메고 가길래 어디 가냐고 물었더니 낚시를 간다고 하더군 낚시꾼이 낚시할 때 제일 좋아하는 것이 무엇인지 아오 붕어요 붕어는 잡았다가 놓아준다고 합디다 그저 좋아서 하는 거죠 나도 좋아서 하는 거요 내가 그림을 그리는 순간이 제일 재미있기 때문이오 당신들과 얘기 나눌 때 그림을 그려도 이해해 줄 수 있겠죠 나는 잠시도 손을 놓고 싶지 않소 시간이 아깝기 때문이오 나는 이상을 이상 이상이었다라고 소개하고 싶소 이상의 소설 『날개』 알지 그거 하나면 충분해 그렸다가 버려두고 다시 붓을 잡고

그리는 그리는 그리는 그리고

버리는 버리는 버리는 붕어

또 질문 있어요 혹시 사후에 이 많은 그림을 어떻게 했으면 좋겠어요 나는 현재 그리는 것도 버거운데 죽은 후까지 생각하고 싶지 않소 나의 그림으로 영생을 바라고 싶지 않

소 그저 매일 좋아서 색칠하고 붙이고 오리고 덧칠하고 붕어처럼 바다에 놓아주고 잡고 놓아주고 반복만이 즐거울 락

폐기물

휴대폰을 바꾸게 되면 전자 폐기물은 어디로 갈 것인지 탐색해 보았다

미래에는 숲이 존재할 수 있을지

인도 뉴델리의 산 중턱에 쌓여 있는 거대한 쓰레기가 봉긋한 형상을 이루었다 산 아래에선 춤을 추고 술을 마시듯 불타오르고 가장 아름다운 불똥이 튀고 있다 타는 것의 연기에 영상과 사진과 문자가 돌아올 수 있을지

연기 속에 피어오르는 존재의 일부가 태양을 머리에 이고 벌을 받는 기분으로 속담을 표현하고 있다

그럼 질문을 하자
연기라는 예쁜 빛을 만들어 내는 자체가 모순일까

쓰레기는 빛나야 한다 다시 태어나야 한다 고통의 플랫폼을 세워야 한다 태양을 통해 상처 난 흔적을 치유해야 한다

다시 우리 곁으로 다가오는 손안의 나뭇가지들

타투를 누드 꽃이라고 한다면

타투라는 말은 장난스럽다 티키타카처럼 자유롭다

신이 내린 언어보다 부드럽다 몸에 뱀의 무늬나 용의 머리를 그린 것을 보고 눈을 감은 적 있다 자신을 무장하기 위한 방어였을 것이다 여자의 등에 발목에 귀여운 꽃잎이 보석처럼 찍혀 있다 남자의 등에 아버지 어머니 얼굴 사진을 새겼다 왜 얼굴을 그렸어요 존재 이유는 발톱에도 있고 털에도 있고 날갯죽지에도 있다 소개팅에 나갔다가 상대 손가락에 L. O. V. E. 라는 글자를 보고 입을 다물었다 예전엔 손톱에 봉숭아 물 들인 적 있어 타투의 목적은 관심받고 싶은 행위 예술이다 지워야 할 것 새겨야 할 것 잊지 못할 것 시간 앞에 파란 누드 꽃을 새긴 것은 피의 본적일 것이다 몸에 문장을 새기는 것이 문신이기도 한 것처럼 가슴에 당신을 새겨 보존하고 싶은 앙증스러운 전갈자리다 바늘로 찔러도 참아야 할 만큼 위대한 산통이다 금기해야 할 것은 핏빛 전쟁을 새기지 말아야 할

오다우강의 민낯

마네킹의 옷이 유혹해요 입지 않아도 보고 있으면 눈이 즐거워요 지구에 한 해 동안 만들어진 옷이 천 억 벌에 이른 다죠 하루에 삼십삼 억 벌이 버려진다죠 버린 옷들이 강가에 봉긋한 산등성을 만들었다죠 썩지 않고 가나의 오다우강이 썩어 간다고 해요 그 물을 먹는 우리는 아파요 풀을 뜯어 먹어야 할 소들이 폐섬유를 먹고 병을 일으킨다면 우리의 폐는 사그라져요 오늘도 옷을 들었다 놓았다 반복하며 망설인 손을 잡아 주세요 장롱 속의 옷을 버려야 하나 볼 때마다 만든 플라스틱을 생각해요 패션 브랜드 옷 배후의 값싼 노동력으로 착취당한 사람들의 손길을 생각하면 팔다리가 떨려요 기분 전환을 위해 슬며시 옷으로 눈길을 주었던 마음을 감추어요 수거함에 넣은 옷이 페트병과 같은 원료로 만들어진다죠 페트병은 재활용되지만 옷은 미세 플라스틱이 되어 강에서 바다에서 식탁의 생선으로 우리 곁에 돌아온다죠 아름다움을 위해 만들어진 옷의 뜨거운 실체를 보았어요

강가의 고동 소리 들어 볼래요
화려한 옷이 눈앞에서 펄럭일 때마다 귀가 팔랑거려요
진열된 옷을 평생 못 입고 갈 손을 말려 주세요

\>

마네킹은 오늘 안녕
내일도 안녕 웃고 있다만
눈감아 주실래요

수박의 간절한 이론

바라만 보았어 그토록 애만 태우더니 내 안에 들어왔을
때 이미 상처를 입었더구나 몸집이 커서 쉽사리 다가서고
싶지 않아 머뭇거렸어 한 번쯤 눈 질끈 감고 받아들였을 때
희희낙락했지

그런데 그런데 그런데

한밤중에 너의 슬픔이 나에게 전염되고 말았구나 빨간 중
심에 있는 염통을 안고 끙끙 앓았어 밤새 회오리치듯 폭풍
같은 바람이 팬티를 들썩거리게 했지 너는 편안해졌으나 나
는 전쟁 같은 마성을 부렸지 손으로 너의 살을 자를 때 부석
거림을 보았으나 그동안 애태운 목마름을 알기에 한 입 씩
집고 또 집고 몸부림쳤지 눈길로 주었던 간절함을 알기에
진정하란다 밤새 응어리는 미끈미끈 빠져나가더구나

시원하다 깨끗하게 비워서 너를 까맣게 잊어서

이제 놓아줄까 너를 애태우기까지 밀고 당겼던 연애의
이론을

가방 속의 잠든 홍합을 깨우고

홍합 추출물이라는 초록의 약을 찾다 몸속에 있는 풍선
이 빠져나가며 무릎에서 소리를 낸다 가방을 물끄러미 본다

앗, 홍합 껍데기가 수북이 쌓여 있네

초록 잎 홍합을 반질하게 윤을 내 갈아 먹으면 닳아진 살이
돋아날 거라는데 얼마나 많은 홍합을 깨워야 연골이 메워질
수 있나요 뉴질랜드로 가기 위해 가방은 이상한 전략으로 나
를 불러들였지요 무릎을 간직하기 위해 여행보다 근육이 절
실하다니 슬며시 가방을 밀어내야 해요

의식과 무의식의 중간 어디쯤 가방을 이리저리 옮겨 다니
며 홍합을 주우러 다닐까 봐요 마치 시간을 초월하거나 열망
을 불러들여 공백을 메울 것처럼

너와 나는 늘 단단한 관계를 만들어 나가기 위한 도구였다

해골 love

해골과 사랑을 한다
뼈만 남은 당신을 껴안아 본다
잇몸은 없고 이빨만 보이는 당신과 포옹을 한다

가슴에 털이 없는 당신과 뼈가 앙상해서 부딪치는 소리가
바삭거린다 코는 조금 비뚤어졌으나 향수를 뿌려 다행히 냄
새를 맡을 수 있다 당신을 안을 때마다 세상을 떠난 당신의
모습이 해골로 있어서 죽음을 넘어선 사랑을 나누었으니 슬
퍼할 일이 없을 것이다 겉으로 반한 모습은 잊을 것이다 진
짜 해골을 보았기 때문에 살 없는 사랑을 했다

종이 부인

종이는 누구나 만질 수 있다 치마 입은 여인을 만졌다 지
나가는 사람들이 왜 만지느냐고 쑥덕거렸다 신기해서 만져
보았다 접히나 만져 보았다 자를 수 있나 만져 보았다 종이
는 뭉그러졌으나 여인은 당당했다 쉽게 의자를 만졌다가 호
된 꾸지람을 들은 여인을 보았다

변명해도 통하지 않은 민심에 사의를 표했다 대권에 나가
려면 손바닥 하나 가려질 종이 한 장이 무서울까만 종이의
위력은 쇠보다 강했다 여인은 가족을 생각해 종이를 접었다

쉬운 종이는 없다 더럽혀질 종이는 많다 휘청이며 뒷모습
을 보이는 여인은 구겨졌다 하얀 유리 사이로 배지를 내려
놓고 잠을 똑바로 잘 수 있었다 만진다고 부서질 종이가 아
니지만 아버지는 족보를 껴안고 울었다

실과 소금

죽는 순간까지 당신에 기댈 것이다

살아 있는 동안 소금처럼 당신을 이롭게 하지 못했다 자연적으로 당신은 살아나고 스스로 소멸하는 동안 깊은 영향을 주었다 순환의 고리를 생각해 본다 실로 칭칭 감은 여러 색상이 얽히고 섞여 고통의 에너지를 느끼게 해 주지만 사랑과 증오에 대한 사색을 실과 소금의 이야기로 전하고 싶다

당신과 나 사이는 실과 소금의 관계였다

실은 당신에게 간을 맞춰 주고 싶어서 실밥만 남겨 두고 조금만 멀리 있고 싶다 비록 약한 존재의 기둥을 세워 비위를 맞춰 주었으나 발가락은 녹이 슬고 말았다 간당간당 세워진 실과 소금처럼 우리의 시간을 가늘고 길게 맺어 준 기록을 멈추는 그날까지

붉은 파빌리온

영월은 젊은 달이라고 했던가 붉은 나무들이 거대하게 문을 지키고 있다 착각이다 나무가 아닌 금속 파이프로 만든 담벼락이다 이곳을 걸으면 우주 위에서 유영하는 느낌을 받는다 붉은 문이 심장을 통과하여 우주로 나간다 남자의 심장을 통과하여 궁을 지나 돌로 태어나게 만든다 두드려도 부서지지 않는 남자의 마음을 뚫어 우주 정원을 만들고 싶었던 것, 당신이 말한 파편을 주워 원으로 엮었다 마치 별똥별이 떨어져 빛의 집합체로 사연을 만들듯 너에게 가는 길을 만들었던 것이다

혈관 정원에서 같이 태어나 같이 죽자

하루만 살 것처럼 떠돌아다닌 징표의 순간을 정거장으로 만들자

열망의 핏방울이 붉은 문 사이로 떨어질지언정

제2부

우주에서 얻은 지팡이

우주 신과 접속 중입니다 설마 운수를 맞힐 수 있을까요 그렇다면 시험해 봅시다 펼쳐진 그림 중에서 세 장을 뽑으십시오 마지막 한 장은 제가 뽑겠습니다 섬세한 감정을 가지셨군요 직관적인 안목과 열정을 가지셨군요 맞습니까 마지막 한 장의 카드는 느리게 꿈을 달성하는 운입니다 손에 꽃이 들려 있습니다 지팡이도 있군요

마음속엔 권력과 선행과 추함이 들어 있다고 하죠 동그랗게 갈고 닦아 원을 만드는 초석이 있습니다 나의 우주는 동그라미입니다 동그랗게 오므렸을 그 자리, 세상을 항해 손을 흔들어 지구가 죽어 가는 환경과 난민을 위한 봉사의 마음을 가져 보라는 것, 이웃과 배고픈 아이를 살피라는 힌트를 얻습니다 우주적인 관심을 미미한 존재에게 전환하라는 말씀이죠

들락날락 우주 신과 접속이 끊겼다 이어지는 상황이 진행 중

세계 너머에 있는 남자

남자는 세계다
실제 보이는 것보다 더 정확한 시계 같은

남자 너머에 외로움이 있다

이미 보았던 남자의 세계는
닳고 닳았다고 말을 흐린다

호흡을, 습관을, 멈추면 다른 세계가 나타나고
짧은 문장의 말속에 고독을 가두어 보네
아픔을 흉내 내려다 말문을 닫고
침을 삼키네
악마 같은 시의 구절들
얼마만큼 처절해야 지극한 남자가 오나

발버둥 치는 계절에
몇 날 몇 밤을 새워도 최승자 같은 세계를 가질 수 없다
시무룩한
지점에 이르러 텅 빈 배처럼 두 손을 쥐어 보네

>
세계는
결국 남자의 문장이다

와우를 달팽이라 부른다

달팽이를 바른다 달팽이를 삼킨다 달팽이를 문지른다 달팽이를 녹인다 달팽이와 몇 년째 같이 살고 있다 가끔 무릎에서 서로 어긋나는 소리가 들려도 참았어 느린 그림자를 조심조심 따라가기로 했지 단단한 껍질을 벗겨 끈적한 살을 만지면 윤기가 되살아날 거라고 했지 테니스도 치고 탁구도 잘할 거라고 했지 나뭇잎에 숨어 어슬렁어슬렁 담을 넘어가는 귀여운 달팽이를 매일 몸에 적신다 마른 가슴에 부드러운 아이스크림이 녹아 흐르게 해 줄게 얼굴과 무릎이 부딪치지 않게 해 줄게 핑계 삼아 팔팔하게 걸을 거야 빛나는 다리를 갖고 싶어

비 오는 날, 너를 보러 갈래 다가와 줄 거지

와! 우! 외쳐 볼게 너와 내가 돌고 돌아 다시 만날 때까지

목성에서 마주친 당신

목성은 어머니다 보호받고 사랑받은 구역을 벗어나지 못
했다 소나무 향기 품은 별 안에서 지지의 소리를 듣고 싶었
던 것이다 주피터의 기운을 받아 스스로 탐구해 갔던 것이
다 남자의 그림자가 따라다녔다 보호해 주기 위해 노끈을
던져 주었다 노끈은 바구니처럼 엮어져 통로를 만들었지만
그 속으로 들어가기를 거부했다 막상 실험대에 들어가니 만
만찮은 실험이라는 걸 알았다 구속은 서로를 묶어 놓은 구
속이다 그저 살짝 끈 하나 잡고 있는 둥 마는 둥 서로 바라
봐 주는 미더움으로

서로 닮은 목성의 그림자 너머 당겨 준 당신의 끈

진열은 사열이다
―정숙자 시인의 서재

군인의 아내로 사는 일은 사열하는 것이다 사열하는 것은 정돈이다 사열보다 중요한 것은 서열이다 서열은 어디에나 존재한다 그릇은 오래된 것부터 새로운 것까지, 음식은 발효된 장아찌부터 말린 부지깽이나물과 최근 무친 나물까지, 하물며 책장에 진열된 책은 태어나기 이전의 족보부터 손글씨로 쓴 연모의 구절과 액체 계단의 사건과 지독한 쓸쓸함과 아픔이 병사의 도열처럼 흐트러짐 없이 장렬하다

가장 귀한 것 중의 하나는 가나다순으로 이름을 올린 시집이 이중 대열로 한 치의 착오 없이 진열되어 있다는 것이다

시인이라면 집에 가서 이름을 확인해야 한다 이름이 없다면 유산에 등록되어 있지 않은 작은 문화를 쓰는 것이다 사람들은 가치를 날마다 들여다본다 남긴 글자를 먹는다 자신을 낮추는 일은 다른 사람을 높여 부르는 일이다 유산은 하루에 만여 자의 글자를 고르는 일부터 직접 타자를 치는 일이다 글자는 밥보다 중요하다

세우고 부서지는 일이 손끝에서 시작된다 한강의 물줄기

가 햇빛에 반사되어 물별의 행진이 오래오래 이어질 나눔이
흐르는 것을 보았다

15도의 얼굴
—박수근

　단발머리에 분홍색 치마를 입은 아기 업은 소녀는 방향을 달리하고 먼 곳을 바라보고 있다 쫓기듯 서럽다 비슷하지만 약간씩 다르게 얼굴과 신발이 동쪽을 향해 있다 한 소녀는 서쪽을 바라보며 뭔가 급하게 집으로 가고 있다 조금씩 방향을 달리하여 얼굴과 얼굴, 신발과 신발, 아기와 아기, 각각 미지의 너머를 바라보고 있다 아버지에 대한 연민이 서려 있다 얼굴이 어디를 바라보느냐에 따라 악착같고 쓸쓸하고 편안해 보이는 각이 있다 뒷모습을 보는 너는 가난하다 측면을 보는 신발은 저항한다 마침내 정면을 보며 고개를 살짝 돌려 아기 얼굴이 반쯤 보이고 신발도 같은 방향인 15도의 각도가 최적의 진으로 낙찰되었다 고개를 갸우뚱 젖히며 소녀를 본다 아기를 업어 본 적 있는 나는 허리띠 졸라매도 가질 수 없는 소녀, 아기가 다 자란 나는 부자다 아기를 키워 정면으로 볼 수 있어서 다행이다 아기 업은 포대기의 값은, 수군수군

안녕, 모란이라는 이름 앞에

　귀족이 되고 싶어요 레이스 달린 우리 한복을 입고 양산을 쓰고 고궁을 걷다가 모란이 될래요 모란은 아침에 안녕 만날 때 안녕 헤어질 때 안녕 환하게 노래를 해요 살아 있을 때 안녕 죽을 때 안녕, 태어날 때 인사하던 어머니와 나누던 눈빛으로 모란의 뿌리가 몸에 자라고 있어요 모란이 속삭이네요 별 별 별로 박힌 은하수에서 춤을 출까요 오로라로 날아오르는 중이에요 당신은 꽃이 이쁘다 하지만 나는 잎으로 자라거든요 우주에 있는 얼굴은 찬란하여 붉다고 하지만 당신을 받쳐 준 잎을 펼쳐야 우아하거든요 설마 상여에 어머니를 태우고 점점이 사라지려는 거예요 그렇게 가시면 툭 떨어지고 말 거예요 우주 중간 어디쯤 멈춰 만날까요 궁중 복식 소매 끝자락에 걸려 있다가 궁궐 한 귀퉁이 모란으로 다시 만날 우연을 찾아야 해요

　어머니의 기원을 담은 부귀와

　조선 왕실의 공주로 태어나

　꿈꾸는 모래시계처럼 하얀 얼굴로 다시 안녕

화순 적벽

고개를 넘어간다

화순 적벽에서 대전을 펼친 생각이 없다 강에서 만나자
철문을 막아 놓았다 수몰 지구에 누가 왜 어떻게 벽을 막았
는지 알고 싶었을 뿐이다 만 원을 주고 허락한 적벽의 물은
신비한 알몸을 드러내듯 층층이 속살이 비쳤다 깊은 수만
리의 물에 아버지의 발길이 잦던 흔적은 없고 돛단배 몇 척
덩그러니 있다 기억을 더듬은 발길이 펼쳐졌다 바위의 기세
는 병풍처럼 하늘의 우레를 막아 열두 폭 펼쳐 놓고 역사를
바라본 병풍의 위용이 드러났다

붉은 것에 열광하는 벽에 기대어 뿌리를 보자
벽에서 수만 리 갈 만큼 인연을 가자
물속의 깊이만큼 더 단단해지자
강물에 비친 거울 같은 절벽에 눈을 담자
물에 잠긴 집을 떠난 실향민을 모시자
물염정에서 노래 한 자락 울려 보자

자갈자갈 지글지글 고불고불

돌에 숨겨 놓은 진실의 전설을 캐러 가야만 한다

붉은 것에 열광하는 시간

붉은 것을 열망하는가 붉은 광장에 핏대를 올렸는가 붉은
달에 연민을 부르는가

미쳐야 하는 것들, 불살라야 하는 것들, 하늘로 태워야
하는 것들, 피비린내에 혐오하는 것들, 토마토를 밟으며 짓
이기는 일, 포도를 발로 누르며 리듬을 타는 일, 모든 것들
이 핏빛과 관련한 것들이라

살갗 귀퉁이 하나 갈라져도 피를 보는 순간, 괴성을 지르
지만 그것은 본능이야

핏빛 아우라에서 빠져나오지 못하는 사람들의 심리를 더
듬어 본다 피와 물이 공존하며 살아가야 한다는데 몸의 일
부를 보는 것처럼 붉은 악마인지 순수인지 체크해 봐야 할
시간

붉은 것을 입어 보면 뜨거움을 안다 장작에 불을 태울 시
간, 붉은 팬티를 입어 볼 요량이다

찰나가 주는 선물

우연히 그녀와 통화하다가 뜻밖의 제안을 하였다 제주도 갈까 그럴까 더 묻지도 않고 단숨에 대답했다 몇 초 사이에 일어난 찰나의 입, 우리가 저지른 사고에 키득거렸다 비행기와 숙소와 거문오름 방문 예약을 찰나에 마쳤다 초고속으로 진행된 말에 흔쾌히 동조한 찰나의 선물이 낯설다

결정은 쉽고 과정은 열려 있다

선물은 낯선 곳을 찾아 낯선 풍경에 환호를 지르는 것, 낯선 사람들 사이로 낯선 물방울을 만나는 것, 몇 초 만에 이루어진 조화가 색채를 빚었다 산수국의 이파리가 꽃처럼 보이기 위한 술수일지라도 순간의 선택은 벌이 와서 달콤하게 선물을 주고 간 출구다

거문은 검다는 뜻

숲속에 갇힌 적의 만행은 검은 속이 타들어 간다는 뜻

일본군이 검은 숲속에서 갱도를 파서 누구를 공격한다는 것인가 햇볕도 들지 않는 삼나무 사이로 누구를 엿보고 누구를 죽였다는 것이냐 삼나무에서 나오는 피톤치드가 태평양전쟁을 일으킬 준비를 하던 땅굴에서 오래 살게 해 주었다 땅굴에서 돌을 빼고 나무로 지지하고 만들어진 것, 봉우리 밑에 분화구와 가마터에 깊게 총부리를 겨누었다는 것

하지만 하여튼 하여간

삼나무에서 나오는 푸른 음식을 실컷 먹고 거문은 검은에서 유래되었지만 거문이라는 신생어를 밖에 알릴 때 잘못파생된 언어라는 것

다만 다행히 다정하게

끌리는 것은 새로운 단어를 만드는 창작자의 뜻을 감추고 있다는

빛이 흐르는 곳, 그날

벙커에 빠져 흘러가고 있어요 모네도 샤갈도 르누아르의
그림도 흘러가네요 어디로 가는지 따라가 볼게요

정원에서 우산을 쓰고 남자와 피크닉을 즐기고 있군요
색과 색이 색을 질시하듯 서로가 서로를 비춰 주고 있어요

빛이 강렬해서 혼란스러워요 혼돈의 수렁이에요 이 많은
정원을 한 번에 담기 어렵다구요

그만 걸어갈래요 의자에 앉아 있어 볼래요 색채의 마술은
갈수록 세차게 발밑으로 오고 있네요

어떡하죠 가만히 있어도 자꾸 떠내려가는 벙커 속의 색
을 잡아 주세요 정지하고 싶어요 광란의 그림은 오늘도 흘
러가고 내일도 흘러갈 것이고 모레도 흘러 사람을 당기겠죠

명작은 이렇게 흘러가는데 시는 언제 이렇게 사람들과 흘
러갈 수 있을까요

색동 수국

색동옷을 입은 적 있었나
어릴 때 설빔으로 입은 것 같기도 하고
화려한 얼굴을 지녔다는 말일진대
수국은 아직 피울 준비만 하고 있다
화려한 등단을 꿈꾸지 않았다
누가 길을 가르쳐 주지 않았다
그저 좋아서 쓰던 시절이 있었다

아득한 시절에 까막눈처럼 길도 모른 채 걸어온 소신을
후회해 본 적 있다 일찍 시작할 것을, 학문의 길을 가 볼 것
을, 지성의 탑에 도전하지 못한 시절이 왜 수국 앞에서 생각
난 것일까 보름 후 너의 색깔을 보려다 수줍은 나의 모습이
비쳐서 철없이 웃어 본다 그 시간을 문질러 핀 꽃봉오리가
그나마 다행, 색동옷 입을 날 오지 않아도 수국수국

거미줄에 비친 오늘

파이프 구멍을 본다 나는 구멍이다 너도 구멍이다
모든 것이 뚫린 허공이다
구멍을 채우려 날마다 가방을 싼다
책을 들고 신발을 찾다
구멍을 메우기 위해 나무를 본다
누워 숲 사이로 하늘을 본다
구멍은 기회다
구멍을 향해 들어가기 위해 각을 잡는다

너를 얻기 위한 것일 수도 있지 한계를 시험하는 일이지
호의를 얻기 위해 물고기가 바다 밑에서 나뭇가지를 주워
암컷을 위해 방을 마련하듯 차지하기 위한 전쟁을 치르는
숨구멍이 가파르다 구멍 밖에 거미줄은 늘어만 간다 누가
없어도 거미줄을 쳐 놓아야 한다 기회를 놓치지 않으려 구
멍 밑으로 흙을 밀어 넣는다

누구도 넘볼 수 없는 사랑을 위해 오늘도 실을 뽑는다

제3부

노랑다리를 건넌 화가

숟가락이다 물방울이다

오목렌즈에 거꾸로 서서 무언가 찾으려 하고 있어요
10그램의 렌즈에 관심 주실래요
왜라는 물음표를 가지고 살아야 하거든요

오목은 거꾸로 보이고 볼록은 제대로 보이기 때문이죠
처마 밑에 떨어진 빗방울을 남기고 싶어
숟가락을 가져와 벽에 붙이기 시작해요
사람이 앞면은 볼 수 있지만 뒷면을 볼 수 없잖아요
노가리의 생명은 끝을 알 수 없으나
노랑다리처럼 마냥 걷고 있다잖아요
팔랑 나비처럼 깃털 올리고
액자의 뒷면을 상상하면서 세상을 그리고 있어요

타자기의 자판이 흔들려도
메주를 직각으로 정교하게 만들어 걸어 놓고 싶다잖아요
변기의 뚜껑을 덮고 생각해 보기로 해요

꿩의 벼슬처럼
노랑다리로 뛰어가고 싶다잖아요

노끈

오늘도 노끈을 풀었다
봉지를 풀고 비닐을 풀고 박스를 풀고 노가리를 풀었다
이렇게 풀기만 해서 될 일인가

거꾸로 묶어야겠다 누워 봐야겠다

무엇인가 죄어 주던 단단함이 순간이듯
발을 운동화에 넣는 순간
불안함을 느낀 적 있어

하늘과 땅은 진실만 본다더니
모래와 바다와 햇빛을 무덤에 가두어도 해골은 사라지
고 말더군

너와 묶이길 원하는가
혼자가 두려운 공간에서
줄과 막대를 이어 묶기의 만남을 반복할 것이다

무언가 엮는 것은 흔적을 새겨 착시를 나타내는 것
숨겨진 뒷모습을 풀어야 할 것

\>

우린 관계라는 이름으로 묶여 있으나
해체하면 고리가 없어지는 줄

나무의 병을 치료한다던 노끈의 상처
묶어 놓기 위해 저질렀던 테두리를 풀어야 해

거꾸로 바라보니 줄이 제대로 보이기 시작했다

고리

질긴 인연의 고리를 엮고 살아왔다지

풀려고 안간힘 썼던 시간이 위대해지는 순간 입을 다물었다지

서러운 것을 풀어놓으면 사슬은 녹이 슬어 쇳가루만 남는다지

단단할수록 연의 고리 길어진다지

엮이기 싫다면서 죽자 살자 엮이려 한다지

소속이 싫다고 떠나더니 혼자선 살아남을 수 없다지

너와 나의 관계는 유효하다

너와 나의 관계는 무효다

사슬처럼 엮인 우리는 긴 강물이다 강물은 바다로 들어가기 위한 밑밥이다 바다에서 만날 것이다 오래 잘 건너왔다

고리에 날개를 달고 말이지

레일은 솔직하지 않은가

문득 레일 위로 미끄러지는 너를 이해하려고 했다 즉흥적으로 떠밀리는 바퀴를 상상했다 아무 흔적 없이 지워지는 나를 꿈꾸며 붉은 담벼락에 물었다 벽에는 86세 강금연 할머니의 연애 이야기가 비뚤비뚤 쓰여 있다

"연애 누가 하라카나
누가 시키 주나
지 마음대로 하는 기 연애지"

맞다 맞다 언제는 누구에게 물어보고 했나 눈빛으로 화살 가는 대로 발 가는 대로 주고받았음시롱~
확~ 저지르기 위해 명사십리든 강바람이든 레일 위에서 고백하고 말

하아, 바깥세상 조타

사이와 사이에 핀

도망쳤다

어금니 안쪽에 이 하나를 뽑으니 허공이다
거짓처럼 떨어지던 공허함이란

누가 몸을 독립체라고 하였나
태어난 후 지금껏 받쳐 주던 너에게 감사장은 없고
혀를 굴려 의기소침해서 바깥출입을 누르고 있다

자연의 부속품으로 눈 코 입
잠깐 빌려 내 것처럼 쓰다가 소멸해 버리는 사물처럼
진짜 내 것은 없었다

빌려 온 의치가 소명을 다하였다

환하게 웃을 수 있는 진짜를 보여 준다
낙엽을 주우러 다니고
가을 낙타의 등을 토닥이고
이와 이 사이를 잠시 비워 두고
감정에 취한 변을 거두어야 할 이성적 누드였다

>

단단함을 거두어

새로운 의인을 받들 준비로 부드러워질

도시에서 집은 배경이 될까

계단은 자동차 없이 사람들만 이용할 수 있는 길
공원은 나와 너의 공간을 이어 주는 관계다

도로엔 벤치가 없어 카페에 앉아 구도를 생각해
같은 다리에서 찍는 사진은 배경이 같을까

사람이 달라지면 배경도 다르게 느껴지는 것

높은 지대를 가는 길에 책방에 들렀어
공간을 소유했으나 하늘은 살 수 없어
밥상은 식탁이고 책상이며 놀이 공간
의미가 바뀌어 경계가 무너지고 있어

정사각형은 논의 형상
직사각형은 벌이의 구도자
책방은 사람의 마음을 열게 하고 안도감을 얻게 해 주
는 다락

세로와 세로의 사이사이에 나와 너를 끼워 볼게

\>

너를 이해하는 집이 필요해서 문장을 순례했건만
스토리가 담겨 있는
포스트잇 같은 글자가 나와 당신 사이를 넘나들다

가로와 세로 사이의 방은 어떻게 아픔을 기억하고 있는가

골목, 잠깐

"무단 투기 단속 촬영 중입니다 적발 시엔 백만 원 이하의 과태료에 처할 수 있습니다" 골목을 지날 때마다 들려오는 목소리, 무단으로 쓰레기를 버리지 않았음에도 그 앞을 지나가는 것은 벌 서는 기분이다 으슥한 곳의 키스는 짜릿하다 보이지 않는 곳의 오줌발은 개운하다 개의 영역처럼 골목은 냄새의 천국, 어김없이 무단으로 버려지는 손의 습성이 있다 단속이라는 말은 강제성이 있다 마이크 불며 쫓아다닌 호소의 말은 얕다 버리는 자에게 '양심을 지키면 백만 원의 상금을 드리겠습니다' 금지보다 장려가 낫다 버리는 것과 거두는 것의 차이

　잠깐, 해바라기 보고 있다

여자 혼자 가는 여행

혼자라는 말에 홀리는 말이 숨어 있다

'나이 드는 게 이런 건가 싶어요 이 나이에 새삼 친구 사귀기 쉽지 않은 듯 이사 온 지 얼마 안 되다 보니 조금은 쓸쓸하네요 60대 초 송파예요 간간이 동네 때론 멀리 걷기도 하고 차도 마시고 여행도 하고 싶고요 요즘 한가한 시간 온통인데 시간 맞는 친구 찾기는 쉽지 않아요 바빠서 시간 없는 분들 말고요 저처럼 여유 많은데 혼자 엄두 못 내신 분 함께 용기 내 보아요 연락처를 남기신 분께 문자나 톡 드리겠습니다'

무작정 흔들어 볼까 여자라는 말에 호기심 진동이다 혼자인 시간은 수양이다 혼자 떠날 수 없어 같이 가자는 말, 동행을 찾는다는 말, 혼자 가는 여행이라며, 혹시 주의!

눈과 물이 하나가 될 때

그녀가 전화하면서 흐느끼기 시작한다
무서워요
현관문을 무심코 열었을 때
지진 같은 흔들림을 예측할 수 없어요

평화로운 눈이 물이 된다고 했다
실은 거짓말 같은 위로다

가녀린 미소 뒤에 슬픈 옷을 걸치고
흐느끼는 목소리가 물이 될 수 있을까

여자의 뒷모습을 자꾸 보게 된다
목소리 작은 여자의 목이 내 몸보다 길어질 때
가여워서 안아 주고 싶을 때 상황을 모른 척,

너와 나의 관계는 몇 미터 거리에 두어야 완전해질까

처음 듣는 전화기 속의 흐느낌을 만져 본 적 없다

멀어져 가는 시처럼

눈물을 받아 적실 수 있다면 슬픔이 사라질까

그녀의 소리를 들으며 목이 잠긴다
목소리를 기억할게
한 번도 만나지 않고도 속삭일 수 있는 거리
언제라도 받아 줄 준비가 되어 있어
힘들 때 찾아 와

한 번도 만난 적 없는 지구 저편의 눈물

클립

언제 우리가 서로 묶여 있었나요
언제 우리가 풀려 있었나요
난간에 매달린 클립을 보며
얽힌 실타래를 풀어 보자고요
물은 모든 것을 포용하지요
바다는 사람이 없어서 가야 하는 이유가 있듯이
내려놓을 때 파도는 품어 주거든요
서로 다른 이면의 문장을 비틀어 보았어요
얼토당토않은 소리라고 했어요
한번 꼬이면 계속 얽히듯이
우리의 관계가 어긋난다고 했어요
서로를 꼬집어도 아프다 하지 않았으면 해요

발랄하게

  클리

    클릭

      클립 춤을 춰 봐요

>

쉽게 풀리는 지점에서 만나요

지평선에서 만나 노래 불러요

파문

　넓은 통 안에 물이 넘칠 듯 담겨 있다 물방울이 튀면서 주름을 만들었다 주름이 생기면서 빛이 가까워지는 것을 알 수 있다

　빛이 물방울을 비춰 잠시 흔들렸을 뿐, 물속에 비친 달이 흔들리는 것을 보고 당신과의 시간이 찰싹 지나가며 매 순간 얼마나 많은 파동을 느꼈던가 물속의 발을 휘저었으나 수시로 변하는 얼굴의 형상을 다독이며 물빛을 만지려고 다가서는가

　우리에게 파문은 중요하지 않다
　무거운 짐을 들어 주고 과일을 깎아 주고 리드해 준 당신이 잔잔하였으나
　물 위를 나는 새들이 물과 부딪치는 순간 긴장의 눈빛이 멈춰 주기를 청하였으나

　저만치 물 위를 걷다 돌아와, 그늘 밑에서 휴식을 취하는 새의 허리처럼

　물이 흔들려야만 그 속에 비친 나의 얼굴과 당신의 얼굴

을 마주할 수 있을 것이다

파동의 일상이 버들잎처럼 빛난다면
언제든 햇빛과 나란히 헤엄쳐 갈게요

당신을 따라 수평의 거리를 좁혀 가야 해요
당신은 나의 휘어진 곡선을 잡아 줄래요

세월의 무게만큼 물무늬가 퍼지는 것이 두려울 존재라면

파 파 파 흥얼거리는 파 음의 소리가 맑아질 때까지
파도 앞에서 목청을 가다듬기로 해요

싫어

가장 쉽게 접근해 다가설 수 있는 유일한 말
가지지 못한 것에 대한 슬픔의 표현
나는 너를 너는 나에게 하고 싶은 말은 오직
싫어
이 말 전에 올 수 있는 수많은 보조관념들은
공중에 뜬 물방울 같은 것,
온도에 따라 흘러내릴 수 있는 모호한 선택일
뿐
삼 일 만에 블랙홀에 빠질 수 있다는 것이 신기한 우주
적 거리
를
받아들이고 싶지 않은 생각
수백 년의 거리가 바다도 지구도 넘어설 수 없다는 걸
알면
서
이상하지 울어도 웃어도 소용없는 일
아니라고 고개를 저어
도
오로지 그 말에 진심을 다하지
헤엄에서 빠져나올 수 있는 것은

밀쳐 낼 수도 받아들일 수도,

어쩌자고 왜 어려운 질문을 하는지

고래에게 묻고 싶어

요즘 어때요

요즘 웃을 일이 있습니까
하, 그러고 보니 웃을 일이 없습니다
좋은 일이 있습니까
하, 그러고 보니
좋은 일이 없는 것 같은데요
아니오
있을 겁니다
어느 지면이나 모바일 검색에서 조그만 귀퉁이에 나를 들
여다보는 이가 분명 있을 겁니다

요즘 울 일이 있습니까
음, 많아요
입을 비죽거려야 할 일, 누가 누구를 잘못한다고 꾸짖는
일, 가까이해서는 안 된다는 일, 식당을 가지 말라는 일, 노
래도 부르지 말라는 일 등등
다 열거할 수 없어서 다물어요
그동안 참고 담아 왔던 일, 토해 내야 한다고요

그간 웃을 일 만들지 않았습니다
그냥 웃다 보면 웃을 일이 생긴다는데 망설였군요

아무나 보고 웃고 싶은데 실행하지 못했군요

웃음과 울음 중간 사이에서 어물쩍 살았군요
웃지 않아서 죄송합니다
웃을 줄 몰라서 울 줄 몰라서 바보였습니다

마스크에 항변하였으나 기각당했습니다

마티네 까마귀

《겨울 나그네》 악극을 보았다

슈베르트의 사랑은 서정이다 차가운 겨울 나목 아래에서 꽃 피운 연애다 너와 나의 감정을 까마귀는 알고 있다는 듯 주위에서 맴돈다 까마귀는 과거와 현재를 넘나드는 매개물이다 공중에 떠서 꿈과 사랑 사이에 방황하는 나그네 이야기다

우리는 이 세상에 왔다 가는 나그네
하염없이 갈 것 같아도 멈춰진다는 것을 안다

안주하지 마십시오 안주하려고 뒤로 도망을 간다 까마귀는 감정을 읽는다 나무를 세운다 메타세쿼이아의 길이만큼 감정을 지킨다 까마귀는 춤이다 무덤에서 시체의 눈을 봐도 곁에 있어 줄 존재다 까마귀는 혼을 쥐락펴락한다

제4부

스며들다

언제부터인지 슬그머니 당신에게 스며들었다 김치의 맛이 혀에 배어 그 맛을 생각나게 했다 단어와 단어가 몸 안에서 은근히 밴 언어로 스며들다 닮아 간다는 것이다 저절로 배어든다는 것은 수레바퀴에서 거스를 수 없는 순리다

한겨울 추위가 으슬으슬하게 떨게 할 즈음 두드러기 같은 꽃이 피었다 몸에 핀 발진은 추위를 견디지 못하고 스며든 독소의 증상이다 따뜻한 곳에서 차가운 곳으로 이동하면 살갗이 적응을 하지 못해 칼같이 스며들어 혈액이 반응한다

스며든다는 것은 서로 소통이 가능하다는 것, 몸이 서로를 밀어내지 않고 비슷한 온도와 구름 같은 흐름이 자연을 닮게 되었을 때 하나가 되는 것, 비슷비슷하게 어울린다는 말, 간장과 식초 냄새가 발효 음식이 되면 몸을 강하게 만들어 준다 틈과 틈 사이 미세하게 서로에게 스며들

가방이 시작되는 이유

모르는 사람과
모르는 길에서
모르는 사이에 만나 줄을 선다
모르는 사람과 사진을 찍는다 호떡을 먹는다 쇼핑을 한
다 몸을 숨기면 안 된다
모르는 사람은 깍두기를 달라며 말을 건넨다
모르는 사람에게 말을 걸면 고개를 끄덕인다

있어도 없는 듯 없어도 있는 듯 앞을 보고 걸으면 목적
이 생긴다

모르는 사람은 지구에 한 사람도 없을 것이다

내가 말을 걸면 아는 사람이 되는 것이다

모르는 사람이 여행을 가자고 한다
모르는 사람은 손을 든다 좋아요 커피를 마신다 뒷산이
든 제주도든 해외든
모르는 사람과
모르는 곳을 걸으며

모르는 세계와 가까워진다

저 안에 내가 있을 것이고 그 안에 내가 있어서
조건이 맞으면 티켓을 발부한다
가방의 준비는 시작된다

모르는 사람과
모르는 여행이 도처에 숨을 쉬며 불쑥 외로운 발들이 뛰
쳐나온다

슬픈 각의 비명

일요일 오후 밧줄에 매달린 청년을 본다
몸에 로프를 묶고 15미터 시작의 홀드를 잡는다
정해진 홀드만을 사용하여 문제를 푼다

오르다 멈추다
다시 오른다

벽 앞에서 슬픈 각으로 누워 있고
칠십 도의 아픔으로 기울어 있다

문제가 엉켜 있는 고리를 풀어야 한다
중간쯤 팔을 흔들어 본다 고인 물을 넘어야 해요
바닥을 본다 다리가 너덜너덜해요
허벅지 힘으로 다시 홀드를 잡는다
쥐가 날 것 같아
소리를 질러
끝까지 갈 거예요 마지막 손잡이에 고리를 거는 순간

　　드
　　　르

르
륵

벽은 형벌이다 발은 피붙이다
시간은 중요하지 않아요 꼭대기가 있는 한

중독

휴대폰에서 원피스를 입는다 손가락으로 길이와 가슴과 치수를 재며

보고 또 보고

눈으로 입어 보는 재미에 맛을 들였다 몇 번 손가락을 클릭하는 순간 옷이 나의 몸에 입혀졌다

반품하자니 귀찮고 입자니 안 입을 것 같고 옷장에 쟁여 두는 품목으로 전락하고 만다 옷은 왜 이렇게 마음에 들기 어려운 걸까 수십 년을 보고도 적응을 못 하는 걸까

옷 잘 입는 여자를 좋아한다 매력에 빠질 수 있는 것 중 하나가 오늘 정성을 다해 스타일을 완성해 가는 일이다

수백 번을 클릭해야 한 번쯤 옳다고 할 수 있을까
눈동자의 마주침도 당신에게 갈 수 있는 거리만큼의 시간도
휴대폰 속의 화면에서 찾으려 하자 저만치 멀어져 가던 문장이
'배고파요 밥 주세요'

바위나리

김유정역은 멈추었으나 바위는 숨을 쉬고 있어요 역사 안의 난로와 주전자 옆에서 기다리던 아버지가 두리번거려요 발자국은 지워지고 바위나리는 돌에서 잎을 피워요

메밀 두 포대를 역사 주위에 심어 사람의 눈을 즐겁게 해주는 폐역의 바위나리
양귀비 해바라기 수세미를 심어 이 역을 살린다고 굳세게 얘기해요

폐역이 사라진 것은 슬픈 일이 아니다 녹슨 철로 주변,
꽃은 울지 않을 것이다

"무임승차를 하지 맙시다 인생은 역전입니다 김유정 역장 나신남입니다"

겨울이 가고 바람에 흔들려도 종소리를 찾아 나선 사람들
당신이 찾던 아버지가 바로 여기 있습니다

아원 고택

고택은 말이 없다 무음의 냄새를 가진다 툇마루에 걸려
있는 하얀 천의 펄럭임이 손짓해요

오세요 신발 벗고
아주 작은 소리로
"저 앞의 산을 바라봐"

누군가 살포시 고요를 두드린다
"누워서 천장을 봐"
나무 사이로 비친 속삭임이 들리지
높은 시멘트 빌딩에서 이런 적막을 가질 수 없어
카페의 높은 천장에서 웅성거리는 소리하고 다르지

"여기서 자고 싶다 하루 숙박료가 삼십만 원이래"

고택은 쉬고 싶은 곳이다
굳이 이유를 만들지 않아도 도시의 탈출을 위로해 주는
저택, 발을 멈추게 하는 기억이 숨을 쉰다

완주군 소양면 고택에 엄마의 치마가 펄럭이다

우체국 옆 가죽나무

나무의 근육은 얼마나 오래 버틸 수 있을까
스쾃을 하루 몇 개 하면
알통을 자랑할 수 있을까
ㄱ 자로 서 있다가
차츰 다리를 꼬고 올라가 똬리를 틀었다
상처가 점점이 박혀 있다
면천 우체국이 있던 자리에 근육이 자랐다
많은 편지를 배달해 주며 사연을 읽고
흘린 이별의 장면을 목격했을 것이다
가죽나무 끝에 매달린 꽃은 붉지 못하고
푸른 꽃을 피웠다
아픔이 지나간 자리마다
나무는 몸을 비틀었을 것이다
나는 근육을 키우기 위해
기구의 의자를 밟다
다리와 팔을 공중에 매달고
플라잉 플라잉
가죽나무가
아프면 아프다 하지 않을게
근육은 시간을 이길 수 있으니

장화

꽃길만 걷게 해 준다던 당신을 찾습니다
함박웃음을 짓던 꽃나무는 실개천에 가득 쌓였건만
장화의 꽃길은 어디 있답니까
장화 신고 비 젖은 논두렁에 가 봐야겠습니다
눈비 젖은 당신의 발은 안녕하십니까
오뉴월 뙤약볕에 모내기하며 신던 장화
이리도 오래 걸을 줄 몰랐습니다
면천 군수 연암 박지원은 골정지 한가운데
돌을 쌓아 작은 정자 만들어
시를 읊고 은자의 정취를 즐겼다는데
삼월 십 일 학생 독립 만세 운동을 벌인 곳이라는데
장화는 정작 유채꽃 바라보는 일이 전부였습니다
남양주 팔당에 있는 집을 팔고
용팔이와 숙이는 골정지 앞에 집을 사
유모차 끌고 다니는 노모의 마음으로
골 깊은 향수를 달랬다는데
분홍 장화에 꽃 그림이라도 새겨
폐교 계단에 올라
비둘기 흉내라도 내야겠습니다

필. 라. 테. 스

외나무다리에 서 있다는 것을 자랑해요

　　파란 하늘에 공중부양 하듯

　　　나뭇가지 끝에 매달려 꼭지를 보도록 해요
　　연인이 수평선을 보며
　앞을 향해 있듯이

학의 다리는 질주할 거예요
바렐 위에 올라가 나무를 잡아요
　　공중으로 다리를 뻗어 보세요
　　　왼쪽 무릎을 구부려서 오른쪽 무릎에 닿도록 해요
　　　한쪽 다리를 들어 최대한 올려요

　　홀로서기를 해야 한다니까요

　학의 흉내를 내요
　연습할수록 하늘에 닿거든요

　뱃살이 들어가요
다리가 길게 곧게 펼쳐져요

여인과 새와 별의 길
—호안 미로

그의 기호는 미로처럼 길이 많은 새다

고개를 갸우뚱 젖히고 파고들면 혀를 내민다
섬세하게 새를 그린 것 같은데 여인이라 하고
새의 발 같은데 모자라 하고
배부른 새 가슴인데 별이라 한다
묘사를 한 것 같은데 추상이라 하니
정답이 없는 시를 쓰는 우리와 같은 동족이다
그는 해방된 기표를 표현한 화가다
인간에게 중요한 것은 눈과 발이다
고요한 별자리는 달걀이 탄생하는 것과 같다
우주의 별 모양을 라면 포장지에 넣어 광고하였다

이해되지 않는다
왜 어렵게 쓰냐
이해받고 싶어서 쓰는 게 아니래도
정답을 알려 주고 싶은 것이 아니래도
나만의 기표를 취해
언어를 모시고자 절하는 것이래도
생기발랄한 호안 미로의 그림을 마주하고

아름다운 모자를 쓴 여인
그림 한 점을 놓고
식탁 앞에서 묘하게 웃어 본다

시와 그림이 같을 수 있냐고 우겨 본단 말이지

낭만 여수

낭만 같은
포차 같은
살롱 같은
피아노 같은
동백 같은 이 도시는 어쩌자고 유혹하는 것인가

여수 다리에 비친 네온사인은
포차에서 한잔 술 당기게 하더니
빨간 등대 아래 사자 꼬리는 한판 붙어 보자 유혹하더니
붉은 달은 하멜의 사연을 들어 보라 하더니
장도에서 피아노의 선율에 몸이 흔들리더니
어디에 가락을 붙여야 하니
그저 흥겨운 사람들아
오동도 노래를 부르자니
여수 밤바다 노래 부른 가수는 돈을 많이 벌겠지

　자유의 여신상이 바다 앞에 세워져 있는지 의문이 들었
으나
　바다에서 누가 뭐라 한들 자유로워라

>

여수 여수 여수~ 한 자락 길게 뽑고 싶어라

낭만 여수~ 안 오면 손해라나~

껌이 벽화라니

무심코 씹다가 뱉어 버린 껌이 벽에 붙어 벽화를 드러내다니

바닥에 휙 뱉어 검은 점을 드러냈던 오지랖을 기억해요 오물을 떼어 내는 인부들의 수고를 덜어 주는 장면이 전개된 것일까요 다양한 풍선껌이 물방울처럼 붙어 아름다운 채색을 한 시애틀의 골목이 무지개처럼 그림을 펼쳐요

사람이 사람에게 붙어 사람적인 거리라고 해도 껌의 기교인지 알 수 없어요 버리는 물건이 새로 태어난다는 것을 알게 해 주죠 마술을 부리는 껌도 창문이 될 수 있다는 생각에 나도 뮤즈가 될 수 있다는 착각을

재래시장 상인들의 재치가 귀여운 골목의 창문을

들여다보며 걸어 다니며 붙어 다니며 비비며

물렁함이 단단함으로 태어난 시장 골목의 찬란

죽음의 한 연구, 다시
—박상륭

죽음을 연구하는 시인, 죽음을 곁에 둔 시적 소설가, 일차적 언어 이차적 언어 삼차적 언어를 초월하여 말을 부린다. 원 안에서 원 밖으로 밖에서 안으로 투영해 나가는 초월적 시공간의 세계를 통관하고 꿰뚫는, 어제와 오늘, 미래와 영겁의 신화적 시간을 담아내는 문장들

바탕칠에 덧칠, 씌우고 겹치고 두꺼운 색감으로 이질적인 형상을 그려 낸 문장들은 집단 무의식의 세계를 불러낸 이미지, 이쪽에서 보면 이 사람, 저쪽에서 보면 저 사람으로 보이는 마법의 얼굴, 마음이 출렁일 땐 없던 문이 열리기도 하고 빤히 보이던 문이 닫히고 사라지기도, 두세 겹의 선과 면을 가진 언어가 불쑥불쑥 얼굴을 드러낸

Las Vegas의 밤과 낮

골 깊은 가슴의 샘을 훔쳐보고 있다
광기의 엉덩이는 복숭아를 넘어선 흥분된 불멸,
가슴과 힙에 흥분되어 화산이 폭발하기 직전이다
광란의 야성과 그랜드 캐니언의 대지가 어떻게 조화되는지
시선을 이리저리 옮기며 맞추려 하자 밤과 낮이 울부짖는다

너희는 광야의 코끼리, 우리는 호랑이의 발걸음

거리에 선 그들이 땋은 머리칼의 정체를 묻고 싶다
밤에 다니는 불나방처럼 변신의 카멜레온에게
발산의 행위를 물어보고 싶다

낯선 거리에서 본능이 드나들다
그들의 존재가 명치를 자극했다
사암이 그들의 몸을 통해 불끈거린다는 것을
세속이라 말하지 마라

1달러로 83달러를 얻은 횡재만큼 공감을 이해하라

밤은 살아나고 낮은 광활하다

>
조슈아 군락은 사막을 지키고
사막의 바람 앞에 불의 계곡은
화가의 그림을 못다 한 미완성,
라스베이거스 밤과 낮은
가면 뒤에 숨은 액체를 콸콸 쏟아 내고
독창이 활화산처럼 이글거리는 불야성이다

시적 성찰과 생태적 사유의 언어

이형권(문학평론가)

> 마음이 출렁일 땐 없던 문이 열리기도 하고 빤히 보이
> 던 문이 닫히고 사라지기도, 두세 겹의 선과 면을 가진
> 언어가 불쑥불쑥 얼굴을 드러낸
> ―「죽음의 한 연구, 다시」 부분

1. 시와 두 시선

시인의 시선은 두 가지 지향점을 갖는다. 하나는 안으로
향하는 시선인데, 이것은 자아의 내면을 향하는 것으로 보통
성찰이라고 부른다. 다른 하나는 밖을 향하는 시선인데, 이
것은 세계를 향하는 것으로 현실에 대한 비판 혹은 전망이라
고 부른다. 어떤 시인은 성찰을 위주로 시를 짓는가 하면, 어
떤 시인은 비판과 전망을 위해 시를 쓴다. 물론 이 둘은 배타
적인 것은 아니다. 그런데 안으로 향하는 시는 미적 즐거움을
위해 존재하는 반면, 밖으로 향하는 시는 현실적 효용성을 위
해 존재하는 것이 일반적이다. 이 둘도 양자택일적인 것은 아
니다. 시의 가치와 관련하여 이들 두 가지 방향성은 아주 오

래전부터 구분되어 왔다. 시의 현실적 효용성은 플라톤의 철학에 연원을 두고 있고, 미적 즐거움은 아리스토텔레스의 철학에서부터 출발했다고 할 수 있다. 오늘날까지 시 혹은 예술과 관련된 수많은 논의는 사실 이 두 가지 연원에서 비롯된 것이다. 김송포 시인은 자아와 세계를 향하는 이들 두 시선을 모두 보여 주고 있다.

한 시인에게 시는 무엇인가, 미적 방향성을 어떻게 설정할까 하는 문제는 매우 중요하다. 이 문제는 시적 자의식 혹은 시적 정체성과 긴밀히 관련되는 것으로서, 이 시집에는 이와 관련하여 다양한 형태의 시적(예술적) 자의식이 드러나고 있다.

　예술은 무엇이라고 생각하나요 그거 아카데믹한 질문이오 붓으로 그림을 그리며 눈을 치켜뜨며 붕어라고 생각해 왜요 덕화가 촬영만 끝나면 가방 메고 가길래 어디 가냐고 물었더니 낚시를 간다고 하더군 낚시꾼이 낚시할 때 제일 좋아하는 것이 무엇인지 아오 붕어요 붕어는 잡았다가 놓아준다고 합디다 그저 좋아서 하는 거죠 나도 좋아서 하는 거요 내가 그림을 그리는 순간이 제일 재미있기 때문이오 당신들과 얘기 나눌 때 그림을 그려도 이해해 줄 수 있겠죠 나는 잠시도 손을 놓고 싶지 않소 시간이 아깝기 때문이오 나는 이상을 이상 이상이었다라고 소개하고 싶소 이상의 소설 『날개』 알지 그거 하나면 충분해 그렸다가 버려두고 다시 붓을 잡고

그리는 그리는 그리는 그리고

버리는 버리는 버리는 붕어
　　　　　　　　　—「즉석 질문에 즐거울 락」 부분

　이 시는 어느 화가를 인터뷰한 내용을 옮겨적고 있다. 화자는 화가에게 "예술은 무엇이라고 생각"하는지 묻자, 그는 연예인 이"덕화"가 "낚시를 간다"라는 사실을 언급한다. 그의 "낚시"는 "붕어"를 "잡았다가 놓아"주는 것인데, 이 행위는 실용적으로는 아무런 쓸모가 없는 "그저 좋아서 하는 거"라고 한다. 화가 역시 그림을 그리는 행위에 대해 "그림을 그리는 순간이 제일 재미있기 때문"이라고 한다. 같은 시에서 "그저 매일 좋아서 색칠하고 붙이고 오리고 덧칠하고 붕어처럼 바다에 놓아주고 잡고 놓아주고 반복만이 즐거울 락"이라는 결구는 의미심장하다. 시를 쓴다는 것이 마음의 "붕어"를 잡고 놓아주는 즐거움이라는 생각은, 시가 쓸모없는 쓸모를 간직하고 있다는 역설적 인식과 연관된다. 시는 현실에서는 별반 쓸모가 없을지라도 인간 정신의 영역에서는 쓸모가 아주 많다는 것, 이것은 물질적 욕망이 지배하는 오늘의 세계에서 시가 존재하는 의미이다. 시인은 고기를 낚는 어부가 아니라 시심詩心을 낚는 어부語夫라는 점을 강조한 셈이다.
　다른 시의 "그저 좋아서 쓰던 시절"(「색동 수국」)이라는 시구도 쓸모없는 쓸모를 강조하고 있다. 이로 미루어 보건대, 김송포 시인이 시를 쓰는 일은 어떤 실용적 목적보다는 마음의

즐거움을 찾아가는 일과 관련된다. 한 시절 시는 혁명의 도구
나 지적 우월감의 표상으로 작용하거나, 문화 권력의 한 상징
으로 기능하기도 했다. 그러나 이 시대에 시는 그러한 현실적
인 쓸모보다는 정신과 영혼 영역에서의 쓸모에서 더 중요하
다. 시를 쓰는 즐거움, 그것을 그 자체로 체현하는 일은 세상
의 그 무엇보다도 인간을 인간답게 해 준다. 그렇다면 이 시
집은 그러한 즐거움을 어떻게 구체화하는가? 그 일차적인 방
향은 자아를 발견하고 타자와의 관계를 성찰하는 일이다. 이
때 자아를 지배하는 것은 시와 예술과 사랑이며, 타자는 소
소한 일상을 함께하는 주변인이나 순수한 자연의 세계이다.
이 시집에는 이러한 자아와 타자가 함께 어우러지는 삶의 파
노라마가 중층적으로 펼쳐진다.

2. 성찰적 인식—나는 누구인가

시인의 시심 가운데 자기 자신을 향하는 마음을 응시하는
것을 성찰이라고 한다. 자아는 한 인간의 감각, 사고, 행동
등을 특징짓는 하나의 특성이다. 자아를 발견하는 일은 자기
의 현재 상황과 존재 이유를 아는 것이다. 즉 자기 자신이 지
금 어떤 환경과 조건에 처해 있고, 앞으로 어떤 가능성을 가
지며, 자신의 이상이 무엇인지를 아는 것이다. 나아가 자신
이 다른 사람들과 어떻게 관계를 형성해 나갈지를 생각해 보
는 것을 포함한다. 이러한 자아 정체성에 관한 관심은 자기

삶을 충실히 살아 내기 위한 하나의 필요 조건이라 할 수 있다.

내 몸의 정체는 게놈이다

그놈을 불러들여 함께 지낸다 그놈은 누구에게 유전자를
받았는지 모른다 그놈은 수시로 죽고 수시로 태어난다 구제하
는 명령 인자를 가지고 있다 수시로 속마음을 번역해 생각을
흔들어댄다 복잡한 머릿속을 조율하다가 오류가 발생하면 병
을 유발하지만 타협을 하려고 발버둥 친다 그놈은 나에게 보
편적인 코드를 주었다 지구상에 존재하는 작은 세포지만 튀
지 않아 다행이다 놈은 인연의 관계를 우연으로 위장한다 성
격까지 조율하는 그놈을 신 김치 먹으며 달랜다 유머 감각이
없어 뻣뻣하지만 의존하고 싶은 아기 같은 구석이 철없이 놀게
한다 공감 능력은 최고의 산물이라고 위로를 받았다 게놈이
든 개놈이든 화면에 비친 그놈과 사진을 찍었다
—「게놈이라는 정체」 전문

이 시는 "게놈"을 통해 자아 정체성을 살피고 있다. "게놈"
은 한 개체의 모든 유전정보를 뜻하는 것으로 흔히 염기서열
이라고 한다. 이는 보통 DNA에 저장된 신체적, 정신적인 정
보 일체를 의미한다. "게놈"은 그것을 지닌 한 사람의 정체성
을 규정하는 핵심적 정보를 총체적으로 지칭하는 것이다. 이
시의 앞에서는 "게놈"이 "수시로 죽고 수시로 태어"나면서 한
인간의 "보편적인 코드"를 구축한다는 과학적인 정보를 제공

한다. 흔히 알려진 대로 "게놈"은 한 인간의 신체적 특성뿐만이 아니라 "성격까지 조율"한다는 사실을 환기하고 있다. 이 시에서 관심의 무게중심은 당연히 정신적 차원이다. 하여 시인은 자기 자신에게 "유머 감각이 없어 뻣뻣하지만 의존하고 싶은 아기 같은 구석"이 있음을 인식한다. 하지만 "공감 능력은 최고의 산물"이라고 한다. 시인은 이런저런 한계가 있음에도 불구하고 "공감 능력"이 있다는 사실로 자아에 관한 자긍심을 갖는 셈이다.

사실 공감 능력은 인간이 갖추어야 하는 가장 중요한 기본 소양 가운데 하나이다. 그것은 타자와의 관계를 원만히 하고 삶을 구성하는 주변과의 소통을 통해 풍요로운 삶을 영위하게 해 준다. 시를 쓰는 일은 사실 그러한 공감의 지평을 넓히는 데 최적화된 언어예술 활동이라고 할 수 있다. 이런 맥락에서 김송포 시인이 시를 쓰는 일은 타자와의 공감을 넓혀 자아를 확장하기 위한 것이다.

타투라는 말은 장난스럽다 티키타카처럼 자유롭다

신이 내린 언어보다 부드럽다 몸에 뱀의 무늬나 용의 머리를 그린 것을 보고 눈을 감은 적 있다 자신을 무장하기 위한 방어였을 것이다 여자의 등에 발목에 귀여운 꽃잎이 보석처럼 찍혀 있다 남자의 등에 아버지 어머니 얼굴 사진을 새겼다 왜 얼굴을 그렸어요 존재 이유는 발톱에도 있고 털에도 있고 날갯죽지에도 있다 소개팅에 나갔다가 상대 손가락에 L. O. V. E. 라는 글자를 보고 입을 다물었다 예전엔 손톱에 봉숭아 물 들인 적 있어 타투의 목적은 관심받고 싶은 행위 예술이다 지워야 할 것 새겨야 할 것 잊지 못할 것 시간 앞에 파란 누드 꽃을 새긴 것은 피의 본적일 것이다 몸에 문장을 새기는 것이 문신이기도 한 것처럼 가슴에 당신을 새겨 보존하고 싶은 앙증스러운 전갈자리다 바늘로 찔러도 참아야 할 만큼 위대한 산통이다 금기해야 할 것은 핏빛 전쟁을 새기지 말아야 할

—「타투를 누드 꽃이라고 한다면」 전문

이 시에서 "타투"를 새기는 일은 시를 통해 타인과 소통하는 일이다. "타투"는 기원과 목적이 다양하다. 우리나라를 비롯한 유교 문화권에서는 신체의 손상을 큰 불효로 여겼을 뿐만이 아니라 범죄자를 표시하기 위해 사용되었다. 고려 시대와 조선 시대에 도둑과 노비에게 가해졌던 형벌인 자자刺字가 바로 그러한 사례이다. 그러나 오늘날에는 자신을 드러내기 위한 하나의 예술 행위로 자리를 잡고 있다. 특히 대중 스타들 사이에서 "타투"가 유행하면서 자신을 표현하는 하나의 예술 행위이자 문화적 유행으로 자리를 잡고 있다. 시인은 이러한 시대적 흐름을 긍정하면서 "타투"에 관해 "신이 내린 언어보다 부드럽"고, "시간 앞에 파란 누드 꽃을 새긴 것은 피의 본적"이라고 한다. 이때 "피의 본적"이란 "타투의 목적은 관심받고 싶은 행위 예술"이라고 하는 대목과 연관된다. 이는 예술이 지닌 흡인 본능설—예술의 기원은 다른 사람의 관

심을 끌어 보고자 하는 인간의 본능과 관련된다는 주장—과 일치한다. "타투"를 타인의 관심을 받고자 하는 예술 행위로 보고 있는 셈이다.

그런데, "타투"를 통해 화자가 "봉숭아 물 들"이곤 했던 과거의 추억을 연상하는 부분은 흥미롭다. "타투"를 아름다움을 추구하는 순수한 마음과 연관 짓고 있다. 즉 "몸에 문장을 새기는 것이 문신이기도 한 것처럼 가슴에 당신을 새겨 보존하고 싶은 앙증스러운 전갈자리"라고 한다. "타투"는 단지 문신文身을 넘어서는 문심文心의 영역으로 해석하고 있는 셈이다. "타투"를 몸의 외양에 그치는 것이 아니라 마음의 새김으로 보는 것이다. 나아가 "타투"에서 "금기해야 할 것은 핏빛 전쟁을 새기지 말아야" 한다고 강조하고 있다. "타투"가 타인에게 혐오감을 주는 것이 아니라 인간 모두의 자유와 평화를 위한 것임을 강조한 셈이다. 이처럼 인간의 자유로운 표현을 위한 마음의 예술인 "타투"는 김송포 시인에게 시를 쓰는 일과 다르지 않다. 따라서 이 시는 사람들의 마음에 아름다움을 새겨 그것을 공감하고자 하는 김송포 시인의 시적 자의식을 드러낸 것이라 할 수 있다.

시인의 공감 지향 성향은 시 장르에 관한 인식을 통해서도 드러난다. 가령 "벙커에 빠져 흘러가고 있어요 모네도 샤갈도 르누아르의 그림도 흘러가네요"라는 점에 주목하면서 "명작은 이렇게 흘러가는데 시는 언제 이렇게 사람들과 흘러갈 수 있을까요"(「빛이 흐르는 곳, 그날」)라고 묻는다. 이는 오랜 세월 동안 시인으로 살아온 사람으로서 시의 소외 현상에 관한 안타까움을 토로하고 있는 셈이다. 인간의 영혼을 고밀도로 드러내는 최고(最古/最高)의 언어예술인 시가 소외된다는 것은 나날이 물화와 속화의 길을 가는 이 시대의 상황과 깊이 관련된다. 이러한 시대에 관한 비판적 인식은 온라인 쇼핑에 빠져든 자신에 관한 고백에서도 드러난다.

휴대폰에서 원피스를 입는다 손가락으로 길이와 가슴과 치수를 재며

보고 또 보고

눈으로 입어 보는 재미에 맛을 들였다 몇 번 손가락을 클릭하는 순간 옷이 나의 몸에 입혀졌다

반품하자니 귀찮고 입자니 안 입을 것 같고 옷장에 쟁여 두는 품목으로 전락하고 만다 옷은 왜 이렇게 마음에 들기 어려운 걸까 수십 년을 보고도 적응을 못 하는 걸까

옷 잘 입는 여자를 좋아한다 매력에 빠질 수 있는 것 중 하나가 오늘 정성을 다해 스타일을 완성해 가는 일이다

수백 번을 클릭해야 한 번쯤 옳다고 할 수 있을까
눈동자의 마주침도 당신에게 갈 수 있는 거리만큼의 시간도
휴대폰 속의 화면에서 찾으려 하자 저만치 멀어져 가던
문장이

'배고파요 밥 주세요'

―「중독」 전문

이 시는 인터넷 쇼핑 중독을 문제 삼는다. 시적 문맥으로
볼 때 자아비판이 중심을 이루고 있지만, 동시에 속화된 시
대에 대한 비판적 메시지를 담고 있다. "휴대폰에서 원피스
를 입는다"라는 것은 디지털 문명이 보장하는 편리성과 자본
주의가 매개하는 과잉 소비에 "중독"된 상태를 암시한다. "반
품하자니 귀찮고 입자니 안 입을 것 같고 옷장에 쟁여 두는
품목으로 전락하고 만다"라는 시구에 의지하면, 시의 화자는
오직 물질적 풍요만을 지향하면서 충동구매 혹은 과잉 소비
를 하는 현대인을 표상한다. 화자가 이렇게 된 것은 "휴대폰"
으로 상징되는 디지털 문명의 허위성, 즉 "수백 번을 클릭해
야 한 번쯤 옳다고 할 수 있을까"라는 질문과 관련된다. 즉
실상보다는 가상의 이미지가 지배하는 디지털 세상은 편리하
고 빠르지만, 그곳은 거짓과 가짜가 지배하는 세계이다. 이
는 정보와 지식은 과잉일 정도로 넘쳐 나지만, 인간적 진실
을 찾아보기 어려운 디지털 세계의 문제점을 비판하는 것이
다. 가령 "휴대폰 속의 화면에서 찾으려 하자 저만치 멀어져
가던 문장"은 그러한 문제점과 결부된 것으로 인간적 진실의
부재를 의미한다. 눈여겨볼 것은 "문장"이 "휴대폰"이나 "옷"
이 지닌 허위성 혹은 가식성을 극복할 수 있는 매개라는 점이
다. 시인은 궁극적으로 이러한 "문장"을 찾아 나서는 존재이
다. 하여 "문장"이 "배고파요 밥 주세요"라는 것은 진실의 시

를 추구하는 시인의 마음, 즉 시심이라고 보아도 무방하다.

3. 생태적 사유—현실은 어떠한가

　김송포 시인은 시적 성찰 혹은 안의 상상력과 함께 이 시대에 대한 비판적 사유 혹은 밖의 상상력을 빈도 높게 보여 준다. 이 시집에서 특히 생태 오염과 관련한 비판적 인식을 담은 생태시를 주목하지 않을 수 없다. 생태시는 우리 시단에서 1990년대에 활성화되어 많은 시인이 동참했지만, 최근 들어서는 소수의 시인 외에는 그다지 큰 관심을 가지지 않고 있다. 그러나 생태계 오염 문제는 인간과 자연의 문제뿐만 아니라 인간과 인간 사이의 문제여서 일시적인 유행으로 그칠 만한 것이 아니다. 시인이 이 문제에 관해 관심을 두는 것은 이 시대를 살아가는 한 인간으로서의 윤리 의식과도 관련되는 것이다. 이는 평면적으로 볼 때는 앞서 말한 무관심성의 예술관과는 다소 배치되는 것이지만, 생태시는 무관심성의 예술을 불가능하게 만드는 세계 오염에 대한 저항이라는 점에서 무관심성 미학과 무관하지 않다. 사실 생태학에서 말하듯이 지구가 전일적 존재라고 한다면 지구 생태계의 오염은 인간의 삶을 불가능하게 하고, 그렇게 되면 시 자체도 존재할 수 없는 상황이 도래할 것이 틀림없다. 시인이 생태 문제에 관심을 기울이지 않으면 안 되는 이유이다.
　이 시집의 생태 의식은 생태 오염의 현실을 비판하는 데서

출발한다. 가령 우리 주변에 쌓여만 가는 "삼각형의 스티로폼과 모난 플라스틱"을 보면서 "우리가 일으킨 물욕이 땅을 썩게 했다"(『배고픈 고양이』)라고 한다. 또한 "옷은 미세 플라스틱이 되어 강에서 바다에서 식탁의 생선으로 우리 곁에 돌아온다죠 아름다움을 위해 만들어진 옷의 뜨거운 실체를 보았어요"(『오다우강의 민낯』)라고 말한다. 이 시구들은 인간의 과도한 물욕이 결과적으로 인간을 위협한다는 사실에 대한 각성을 드러낸다. 이런 현실과 관련하여 시인은 인간의 미래를 의심의 눈으로 바라보기도 한다.

휴대폰을 바꾸게 되면 전자 폐기물은 어디로 갈 것인지 탐색해 보았다

미래에는 숲이 존재할 수 있을지

인도 뉴델리의 산 중턱에 쌓여 있는 거대한 쓰레기가 봉긋한 형상을 이루었다 산 아래에선 춤을 추고 술을 마시듯 불타오르고 가장 아름다운 불똥이 튀고 있다 타는 것의 연기에 영상과 사진과 문자가 돌아올 수 있을지

연기 속에 피어오르는 존재의 일부가 태양을 머리에 이고 벌을 받는 기분으로 속담을 표현하고 있다

그럼 질문을 하자
연기라는 예쁜 빛을 만들어 내는 자체가 모순일까

쓰레기는 빛나야 한다 다시 태어나야 한다 고통의 플랫폼
을 세워야 한다 태양을 통해 상처 난 흔적을 치유해야 한다

다시 우리 곁으로 다가오는 손안의 나뭇가지들
　　　　　　　　　　　　　　　　　　—「폐기물」 전문

이 시에서 "폐기물"은 인간의 삶이 만들어 낸 수많은 찌꺼
기를 의미한다. 시의 모두에 "미래에는 숲이 존재할 수 있을
지" 묻는 것은 인간의 미래가 과연 존재하는 것인지를 묻는
일과 다르지 않다. 이러한 질문의 동기는 "인도 뉴델리의 산
중턱에 쌓여 있는 거대한 쓰레기"가 소각되는 광경이다. 화
자는 불에 타면서 "연기 속에 피어오르는" 모습을 보면서 세
상에 존재하는 것들이 "태양을 머리에 이고 벌을 받는" 것과
다르지 않다고 본다. 인간이 저지른 무차별적인 소비에 대한
자연의 응징이라고 보는 것이다. 그런데 "쓰레기" 소각의 과
정에서 나오는 "연기"를 보면서 "예쁜 빛을 만들어 내는 자체
가 모순일까"라고 묻는다. "쓰레기"라는 부정적인 존재가 사
라지는 불길에서 "예쁜 빛"이 나오는 역설의 가능성을 생각
해 보는 것이다. 이 역설은 오염된 생태계의 복원을 향한 염
원과 관계 깊다. "쓰레기는 빛나야 한다"라는 인식은 그러한
염원의 표현이다. 즉 "쓰레기"의 소각으로 그것이 자연의 한
부분으로 흘러 들어가 새로운 생명의 원천이 되기를 소망해
보는 것이다. "우리 곁으로 다가오는 손안의 나뭇가지들"은
그러한 생명의 순환 원리를 상징한다.

생태시는 자연 혹은 지구의 오염 문제뿐만이 아니라 인간
사회의 문제에도 관심을 보인다. 이는 모든 생태계 오염 문
제는 사회 문제로부터 배태되었다고 하는 사회 생태학적 관
점과 상통한다. 인간과 자연의 관계를 넘어서 인간과 인간 사
이의 상극적 태도나 사회적 억압을 문제 삼는 일과 관련된다.

남자는 세계다
실제 보이는 것보다 더 정확한 시계 같은

남자 너머에 외로움이 있다

이미 보았던 남자의 세계는
닳고 닳았다고 말을 흐린다

호흡을, 습관을, 멈추면 다른 세계가 나타나고
짧은 문장의 말속에 고독을 가두어 보네
아픔을 흉내 내려다 말문을 닫고
침을 삼키네
악마 같은 시의 구절들
얼마만큼 처절해야 지극한 남자가 오나

발버둥 치는 계절에
몇 날 몇 밤을 새워도 최승자 같은 세계를 가질 수 없다
시무룩한
지점에 이르러 텅 빈 배처럼 두 손을 쥐어 보네

세계는

결국 남자의 문장이다

　　　　　　　　　—「세계 너머에 있는 남자」 전문

　이 시에서 "남자"는 가부장제 혹은 남성중심주의의 주인공
이다. "남자는 세계다"라는 첫 시구는 온 "세계"가 "남자"가 중
심이 되어 돌아가는 현실을 의미한다. 그 현실이 "정확한 시
계"와 같다는 것은 이성을 질서로 삼는 "남자"의 세계를 지시
한다. 그 "너머에 외로움이 있다"는 것은 당연한 일이다. "정
확한 시계"로 상징되는 근대적 시간에 얽매여 살아가는 "남자"
의 세계에는 타자가 존재할 수 없기에 외로울 수밖에 없다. 그
곳에는 "악마 같은 시의 구절들"만이 존재하고, 타자를 따뜻
하게 품을 줄 아는 "지극한 남자" 혹은 진실한 남자는 부재한
다. 하여 이러한 "남자"의 "세계"는 조화롭고 진실한 "세계를
가질 수 없다"라고 단언할 수 있는 것이다. 이때 조화롭고 진
실한 "세계"는 "남자"와 반대되는 세계다. 그러나 그 반대의
세계가 곧 여자의 세계는 아니다. 오히려 남자와 여자의 차별
이 없는 인간의 세계, 모든 인간이 조화를 이루는 세계이다.
즉 엇나간 "남자"의 세계에 저항하는 세계, 이성에 복속되지
않는 세계, "시계"와 같은 근대성 시간에 얽매이지 않는 세계,
타자와 함께 상생하는 세계이다. 마지막 시구에서처럼 세상은
"남자"가 지배하기에 조화롭고 진실한 "세계"가 요긴함을 강
조한다. 이 세계는 달리 말하면 생태적 건강성을 담보한 사회
이다. 따라서 이 시는 "남자"가 지배하는 사회가 아니라, 인간

이 함께 사는 사회를 강조한다는 점에서 일종의 사회생태학 혹은 에코페미니즘의 차원을 드러내는 것이다.

인간 세계에서의 "남자"가 지닌 문제점은 생명 세계에서 동물 혹은 동물성이 지니는 문제점과 유사하다. 동물의 세계는 보통 약육강식의 원리가 지배하는 상극적 세계와 다르지 않은 것으로 여겨진다. 이런 차원에서 김송포의 생태시는 동물성을 거부하고 식물성을 옹호하기도 한다.

> 한 접시의 간편식으로 점심을 먹는다 여러 그릇의 다양성
> 에 길들었던 반찬이 땅속으로 종적을 감추는 중이다
>
> 땅 위에서 자란 육식은 살생해야 하는 잔인함이 있다 칼
> 대지 않고 먹을 수 있는 뿌리채소가 고개를 내민다 연근과 냉
> 이와 시금치와 달래가 땅을 지킨다
>
> 채식은 생명을 해치지 않는 자비로움이다 채식을 수행하
> 는 중이다 땅의 본질은 기다림이다
>
> 버린 음식이 공기의 변이로 돌아온다
> —「땅을 수행하는 중」 부분

이 시는 채식 위주의 "간편식으로 점심을 먹"은 경험을 매개로 생태 의식의 중요성을 강조한다. 음식 문제가 생태계 오염의 중요한 원인이라는 것은 두말할 나위가 없다. 특히 음식물 쓰레기 문제는 단지 음식물 자체가 문제가 아니라 그것

을 생산하기 위한 과정에서의 각종 문제와 관련된다. 가령 인간이 소고기를 먹기 위해 소를 기르는 과정에서 생산되는 메탄가스 문제는 대기오염 문제의 주범으로 지목되고 있다. 또한, 한겨울에 싱싱한 채소를 먹기 위해서는 적지 않은 에너지를 소비해야 한다. 그런데 인간은 기본적으로 더 많이 더 화려하게 먹기 위해 지구 생태계를 오염시킨다. 한 해 동안 버려지는 음식 쓰레기의 양은 전 세계에서 굶주리는 사람을 모두 먹이고도 남는 정도라고 한다. 하여 음식물의 과잉 소비와 음식 쓰레기 문제는 생태적 윤리의 문제와도 관련된다. 생태 문제는 거창한 구호가 아니라 사람마다의 마음과 생활의 문제인 것이다. 즉 "세상을 향해 손을 흔들어 지구가 죽어가는 환경과 난민을 위한 봉사의 마음을 가져 보라는 것, 이웃과 배고픈 아이를 살피라는 힌트를 얻습니다 우주적인 관심을 미미한 존재에게 전환하라는 말씀"(『우주에서 얻은 지팡이』)에 귀를 기울여야 한다는 것이다. 생활 속의 작은 것을 실천하는 일이 우주적 생태계를 건강하게 지켜 내는 일이라고 보는 셈이다. 생태시를 쓰는 일도 이와 다르지 않은 것임은 물론이다.

4. 두세 겹의 언어

이처럼 한 시인으로서의 시적 성찰과 생태적 사유를 근간으로 하는 김송포의 시에서 또 하나 주목해야 할 것은 메타적 상상의 세계이다. 메타적 상상은 시의 위기 담론과 연관되어 출발했는데, 방법적으로는 원 텍스트를 시적 상상의 바탕으로 삼는 패러디를 기초로 삼는다. 이는 첨단 과학과 인간 상실이 가속화되면서 현실의 세계가 상상의 세계를 초월하는 이 시대의 상황과 맞물려 있다. 다른 한편으로는 현실뿐만 아니라 예술 세계도 시적 대상으로 삼는다는 점에서 새로운 시학의 가능성을 열어 준다. 그 가능성은 기본적으로 시(예술)에 관한 시라는 점에서 두 겹의 시선을 간직하게 된다. 현실을 향한 시선에 시를 향한 또 한 겹의 시선이 겹치는 것이다. 이 겹침은 텍스트의 중층성을 바탕으로 세상을 심도 있게 이해하는 데 도움을 준다.

우리는 이 세상에 왔다 가는 나그네
하염없이 갈 것 같아도 멈춰진다는 것을 안다

안주하지 마십시오 안주하려고 뒤로 도망을 간다 까마귀
는 감정을 읽는다 나무를 세운다 메타세쿼이아의 길이만큼
감정을 지킨다 까마귀는 춤이다 무덤에서 시체의 눈을 봐도
곁에 있어 줄 존재다 까마귀는 혼을 쥐락펴락한다
―「마티네 까마귀」 부분

"《겨울 나그네》"는 모두 24장으로 구성된 슈베르트의 연가곡이다. 독일의 시인 빌헬름 뮐러Wilhelm Müller가 지은 동명의 시집에 곡을 붙인 것으로 알려져 있다. 그 내용은 사랑

에 실패한 청년이 추운 겨울 연인의 집 앞에서 이별을 고하고 겨울 들판에서 방랑한다는 것이다. 방랑의 과정에서 주인공 청년은 추운 들판에서 고통과 절망을 느끼면서 까마귀, 도깨비불, 백발과 같은 죽음에 대한 상념에 빠지게 된다. 이러한 내용은 이 시에서 "차가운 겨울 나목 아래에서 꽃 피운 연애"라는 시구에 암시되어 있다. "꿈과 사랑 사이에 방황하는 나그네 이야기"라는 표현 속에는 사랑을 동경하다가 실연의 고통에 빠져 방황하는 주인공의 처지를 재현한다. 특히 "까마귀"는 제15장에 등장하는 고통과 죽음의 상징이다. "까마귀"는 실연이란 사랑의 죽음인 동시에 인생 자체의 죽음이라는 것을 상징하는 존재이다. 주인공의 처지는 이러한 "까마귀"의 등장으로 더욱 처절하고 비극적인 상황에 놓이게 된다. 이 절망적인 사랑 이야기는 인간이 간직하고 살아야 할 근본적인 한계에 대한 성찰을 내포한다. 이 시는 이러한 성찰을 다시 성찰하는 두 겹의 시선을 간직하고 있다. 가곡의 여러 요소 가운데 "까마귀"를 등장시켜 인간의 사랑과 인생이 지닌 비극성을 겹겹이 강조하고 있는 셈이다.

또한, 회화 작품을 원 텍스트로 삼은 시도 흥미롭다. 가령 "묘사를 한 것 같은데 추상이라 하니/ 정답이 없는 시를 쓰는 우리와 같은 동족이다"(「여인과 새와 별의 길」)라는 시구는 스페인의 초현실주의 화가와 시인을 동일시하고 있다. 「15도의 얼굴」도 박수근 화백의 그림을 원 텍스트로 삼은 패러디 텍스트로서 흥미로운 시상을 펼친다. 박수근 그림의 등장인물들이 바라보는 시선의 각도에 따라 다양한 의미를 부여하고 있다. 가령 "얼굴이 어디를 바라보느냐에 따라 악착같고 쓸쓸하고 편안해 보이는 각이 있다"는 전제 아래 "뒷모습을 보는 너는 가난하다 측면을 보는 신발은 저항한다 마침내 정면을 보며 고개를 살짝 돌려 아기 얼굴이 반쯤 보이고 신발도 같은 방향인 15도의 각도가 최적의 진으로 낙찰되었다"는 시구는 그림을 매개로, 인간의 태도에 따라 인간의 삶이 다양해진다는 인생론을 펼치고 있다. 박수근 화백의 시선과 김송포 시인의 시선이 겹치면서 인생론의 깊이가 더해지고 있는 셈이다. 다른 시에서도 "벽 앞에서 슬픈 각으로 누워 있고/ 칠십도의 아픔으로 기울어 있다"(「슬픈 각의 비명」)라고 하여 "각"의 인생론을 펼치고 있다.

또한, 「죽음의 한 연구, 다시」는 박상륭의 소설 『죽음의 한 연구』를 원 텍스트로 삼는다. 이 소설은 잘 알려진 대로 죽음을 통해 삶을 이해하고자 하는 역설의 텍스트이다. 이 시의 제목에서 "다시"라는 말은 소설에 대한 새로운 해석을 암시해 준다. 또한, 이 시는 이 시집의 시적 지향점을 온축하여 보여준다는 점에서 주목할 필요가 있다.

죽음을 연구하는 시인, 죽음을 곁에 둔 시적 소설가, 일차적 언어 이차적 언어 삼차적 언어를 초월하여 말을 부린다. 원 안에서 원 밖으로 밖에서 안으로 투영해 나가는 초월적 시공간의 세계를 통관하고 꿰뚫는, 어제와 오늘, 미래와 영겁의 신화적 시간을 담아내는 문장들

바탕칠에 덧칠, 씌우고 겹치고 두꺼운 색감으로 이질적인
형상을 그려 낸 문장들은 집단 무의식의 세계를 불러낸 이미
지, 이쪽에서 보면 이 사람, 저쪽에서 보면 저 사람으로 보이
는 마법의 얼굴, 마음이 출렁일 땐 없던 문이 열리기도 하고
빤히 보이던 문이 닫히고 사라지기도, 두세 겹의 선과 면을
가진 언어가 불쑥불쑥 얼굴을 드러낸

—「죽음의 한 연구, 다시」 전문

이 시는 소설 『죽음의 한 연구』에 관한 비평을 내용으로 한
다. 이 시는 소설을 "죽음"과 삶, "시"와 "소설", "안"과 "밖",
"어제와 오늘", "이 사람"과 "저 사람", 열림과 닫힘 등을 포
괄하는 것으로 해석한다. 즉 이 소설은 겹의 시선, 혹은 역설
의 시선을 견지한 것으로 "죽음"의 연구는 곧 삶의 연구라고
보고 있다. 하여 "두세 겹의 선과 면을 가진 언어"라는 시구
는 이 소설이 다층적 구조를 지닌 텍스트라는 점을 강조해 준
다. 그 다층성은 위의 시가 원 텍스트를 바탕으로 하는 패러
디 텍스트라는 점, 현실의 모순을 넘어서는 역설을 강조하는
텍스트라는 점 등과 관련된다. 이 점은 또한 앞서 살펴온 이
시집이 견지하는 다층성과도 무관하지 않다. 다시 말해 이 시
집은 시적 성찰과 생태적 사유, 그리고 패러디를 통한 현실과
원 텍스트의 상상과 패러디 텍스트의 메타적 상상 등이 "두세
겹"으로 이루어졌다고 할 수 있다.